屋根にのぼる

［俳句とエッセー］

小西雅子

創風社出版

俳句とエッセー　屋根にのぼる

目　次

うらうら

六角

私たちは「六角校舎」と呼んでいた。母校の中学校の校舎。実際は、教室が六角形であり、校舎自体はその六角形の教室を丸くつなげているので多面体校舎だ。狭い土地にいかに多くの生徒を入れられるか、知恵をしぼった校舎である。四階建てで一つの階にちょうど六クラス。つまり六角形の教室が六個丸く連なっている。四階は一年生、三階は二年生、二階は三年生。と若い順になっていた。一階はクラブ活動などに使用されていた。敷地のなかにはこの校舎と、普通の直方体の校舎もいくつかあったがそれは理科室とか家庭科室など。私たちより少し前の「団塊の世代」のころは、これらも普通の教室として使われていただろう。

廊下は教室の内側に丸く、ドーナツのようにある。一般の長い廊下のように端と端がまったく顔を合わさないということがない。どこのクラスの生徒ともすぐ会える。つまり外側に教室、その内側に廊下、その内側、ドーナツの穴の部分に階段、という構造。トイレの臭いがこもる、階段はもう一か所あるが、真ん中の階段が特に暗い、などのＰＴＡのご意見は毎年のことであった。私はこのちょっと変わった六角形の教室が気に入っていた。六角形なので教室の壁面が六個あり、絵や書道などユニークな先生だとユニークに掲示することができる。各教室には三角形のベランダがあった。いつもそこから下にいる友だちと会話ができる。ビニール袋の水爆弾を落としたことも。真ん中の暗い階段が雨の日は特にミステリアス。何かが出るといううわさは常であった。

卒業して四十年ちょっと。二年に一度、中学三年生のときの同窓会を絶え間なく開いている。今年、担任の先生の「喜寿のお祝い同窓会」をした。この先生は体育の先生だ。私たちが卒業する少し前、数人を屋上へ連れて行ってくれた。きっと学校には内緒であっただろう。屋上は平面だった。囲いというか、柵どころか何の出っ張りもない。真っ平らの屋上。市街地も愛宕山も見えた。この光景が中学校最大の思い出である。六角校舎は白っぽい色だ。私は空を歩いていた。

現在もその六角校舎は使用されていて、昼食の時間には音楽が聞こえる。小奇麗になり、安全のためか、ベランダには出ることができないようだ。きっと屋上にあがるなんてありえない。外側の塀にはひとつの落書きもない。しかし、生徒のざわめきだけは変わらない。

自転車でいつも中学校の裏側の細い細い道を通る。その道をわざわざ選んで中高年ばかりのテニスコートに向かう。

薬屋

心臓の飛び地に着地うす氷

風光る雑巾かたくしぼり切る

キリン舎のキリン結婚牡丹雪

春が来た人より長いノドチンコ

薬屋の四隅に風船鳥の恋

雲梯の上を歩こうミモザ咲く

鳥帰る七つの村は仲が良く

浮世絵に描かれ損ね花粉症

つばめ来るジャニーズはみな東京語

潮騒の缶詰工場冴え返る

逃避行薔薇の芽三つ握りしめ

無添加の男と暮らす春霞

理科社会国語ブランコ無口な子

マヤ文字の解読亀の鳴く日から

囀りの窓にひんやり羽生の棋譜
従順な茶筒のフタよ春愁い

水面下

じゃぶじゃぶ洗う。左右にぶるぶる振ってゴシゴシ拭く。そのままこてんと眠る。犬や男は楽である。一日の終わりにしっかり顔を整えるのは面倒だ。テレビではその方法をていねいに教えてくれる。

「じゃぶじゃぶ」なんてとんでもない。両手の平でピンポン玉の大きさの石鹸の泡を作り、ふわっと顔に塗ります。そして、そっとそっと洗い流します。「ぶるぶるゴシゴシ」はもってのほか。柔らかなタオルを顔に押しあてて水分を取ります。「そのままこてん」これはもう女ではありません。化粧水、乳液、保湿クリームをやさしく施し熟睡します。

このような手順を経て、翌朝ようやくひとつの顔ができあがる。男が「おはようさん。おまえちょっとシワ増えたな」などと言おうものなら、その夜の洗顔時間は数倍になる。そして、ひそかに、たっぷりの化粧水の水面下で、その無神経な男への報復企画を練るのである。寸陰を惜しむ、春。

青葉

河馬のツグミは、水からほんの少し顔を出した。相方はもうこの世にいない。河馬舎にはツグミ一頭のみ。サビシソウ。カナシソウ。ツグミを見た人は言う。ツグミの本心はわからない。もしかしたらほっとしているかもしれないのに。とはいえ、あの大きな図体のほんの小さな瞳は、ツグミを健気で一途な性格に違いないと思わせる。

動物園の園内を一周りしたあと、資料室に立ち寄る。そこには骨の河馬がいた。肉のない河馬である。本来、たっぷりなお腹に隠れて少ししか見えない手足は、なぜか骨になるとすらっと長い。そして、白く細い。顔は凛々しく面長。まるで別人、いや別河馬だ。資料室の四角い白い壁に囲まれた骨の河馬は、いまどきのビジネスマンのようであった。

そろそろ帰ろう。動物園を出て川べりを歩く。ずらっと並んだ桜木がそよいでいる。人々に花の記憶はもうない。ツグミはやはりさびしいに違いないと、このとき思った。

遠雷や二つ寄り添う鼻の穴　　　　雅子

左へ

その人は一年中素足にゴムぞうりだ。七十代後半の女性。白く長い髪。常に薄手のワンピースを着用。頻繁に我が家の前を通る。歩くと体が左に傾く。それ以外、私はこの人のことを知らない。

体が左に傾くので、進路も左へ左へと取る。意識して少し右方向に微調整するが、再び左へ左へと進む。この人の後ろを歩く人は、みな同じように左へ左へと進んで行く。

秋のはじめ、風が吹くと、桜の木の葉っぱが散りだす。そんな日もこの人は相変わらずゴムぞうりを引き摺りながら左へ傾き左へ歩く。冬になり桜の木に葉っぱがなくなってもやはり薄手のワンピースで同じように歩く。

春、桜の花が満開の日、この人の足が止まった。真っ直ぐ立って桜の花を見上げている。が、少ししてまた同じように歩いて行った。桜の花びらが散りはじめるころ、この人はとても綺麗に歩く。桜の花びらは必ずこの人と同じ方向に散るのである。この時から、私はこの人のことを「そよ風さん」と呼んでいる。

晩夏、そよ風さんは、笑いながら、微調整も忘れて左方向に堂々と歩いていた。いいことがあったのかもしれない。

春雷

板チョコを五分の一食べた。ハイボールをグラスに二杯。うとうとうと・・・そこは「お菓子の家」だった。そう、ヘンゼルとグレーテルの、あの「お菓子の家」だ。継母に捨てられ、二人が手に手をとって森の中を歩き回ったとき、光のように輝いていたあの家である。誰もいないようだ。壁は氷砂糖、ドアはクッキー、そして屋根は板チョコ。いい匂い。よだれが出た。よだれを手の甲で拭き、まずは板チョコに、と手を伸ばした時、雷が鳴った。春雷だ。

不意に場面が変わった。成長したヘンゼルとグレーテルがいる。二人とももう三十代だ。よく見ると家も建て替わっている。材質は缶やビン。お菓子とは違う匂いがする。なんと「お菓子の家」は「お酒の家」になっているではないか。天井は世界各国のビール。壁は日本酒、ドアはウィスキー、煙突はワイン、テーブルは焼酎。ヘンゼルは、光沢のあるグレーのスーツを着こなすハンサムな青年。

ドアの取っ手の横にあるウィスキーをひょいと抜くとキュルキュルと栓を開けた。グラスに二センチほど注ぐ。芳香が広がる。次にヘンゼルは、窓辺にずらっと並んだソーダ水を一本取り、その上に注ぐ。そしてそのグラスを私の手に渡す。グラスが落ちないように両手で私の手を包みながら。その時、また鳴った。春雷か自分の心臓の音か。

彫刻家

彫刻家志望花種どっと蒔く

春の星巻き尺伸ばす伸ばす伸ばす

春風を走る金糸雀色のシュシュ

大胆な一日だったわレタス裂く

春愁夫婦くるぶし四つ転がして

小さめの地球儀くださいはなずな
永き日をソロで歌うよマンドリル
ピーと鳴くアスパラガスも電柱も

桜蕊降る不規則な睡眠に
腹立って笑って壁にカタツムリ
石ころとブランコくださいこの部屋に

花の夜情状酌量などしない
チャイナドレススリット深く春深く

ぎらぎら

屋根にのぼる

はしごは屋根に立てかけてあった。三歳の女の子は、えっちらおっちらはしごをのぼった。昭和時代の木製の、けっこう長いはしごである。上までのぼり、屋根のあたりに自分の顔があり、ようやく女の子は気づいた。おりることができない。叫ぶことも、泣くことも、待つこともできない。小さな手のひらは、はしごのささくれを握りしめている。遠くからはしごの上に子どもを発見したのは父であったか、そのころ独身の叔父であったか。猛烈な勢いで走ってきてタタタタとはしごをのぼり、ひょいと抱えて私をおろしてくれた。母はギャーギャー何か声を出していた。

そして七、八年後、小学生の私は、再びこのはしごをのぼる。我が家は大正時代に建てられた木造の家。平屋であるがその上に中二階があり、つまり大きな瓦屋根が二層ある。最も高いところはおくどさんがあった真上だ。「煙出し」の小さな窓がある。ここの部分は吹き抜けになっており、そのおかげで夏はたいへん涼しい。

八月十六日の夜、京都の山に五種類のかがり火が焚かれる。お盆の送り火だ。「大文字見に行かへんか」「橋の上まで行ったらよう見えるえ」などとその日、京都の人は会話する。京都の町にまだ背の高いビルがなかったころのことである。その大文字を、父は毎年、屋根の上で見ていた。高さ十メートル近くもある大きな屋根。私もあの屋根の上で大文字を見たいなあと思った。父がいいよと言ったので立てかけてあったはしごをのぼった。あの三歳のときの事件のあと、家人は用が終わったらはしごをすぐに片づけてしまう。今日ばかりは、はしごが私を待っていた。一層目の屋根は高くなかった。二層目に移るにはもうはしごが届かない。一層目の屋根の端っこをゆっくりのぼる。父が、足の置き方、置き場所を教えてくれる。二層目は「大屋根」と呼ばれるだけあってそうとう高い。父は娘が転げ落ちることを想定していない。私ももちろんそんなことは考えていない。どんどん屋根をのぼり、とうとう父と私は煙り出しの小さな窓の横にいた。目をあげると大文字が見えた。五種類のうち三種類ほどは、この遠い伏見からでも見えた。

空の中にいるようだ。父も私も送り火というような意味で大文字を見ているのではなかった。

　煙出しの窓のすきまから家の中を見ると、はるか下で母はまた、ギャーギャー声を出している。次の年もその次の年も屋根の上で大文字を見た。

鮮魚店

目高泳ぐ屋根の修理に一週間

チェロとして抱えられたい青葉風

青年の客だ梅雨晴れ鮮魚店

梅雨晴間男の鼻毛引っこ抜く

オコゼの唐揚げ玉三郎の背筋

異議ありの好きな男のソーダ水

やだという女子高生おり青蜥蜴

ドアチェーンになってしまった蟻の列

打ち水の右手そのまま髪括る

夕焼けをかきわけ森林調査官

風鈴屋のど真ん中にいるのど仏

ワンピースの水玉ぽこぽこ梅雨キノコ
浮きながら蹴りながらキス海の日は
テーブルが舟になる日よ梅雨晴間

手の平に乗せ

庭にある小さな山椒の木。葉っぱをぷちっととって手の平に乗せ、パンとたたいてみせる。その手の平を相手の鼻に近づける。相手の鼻はすこぶる高い。我が家にはときどき外国人がやって来るのである。「山椒」はいろんな訳し方があるらしいが、ほとんどの通訳者は、ジャパニーズペッパー、ジャパニーズスパイスなどと訳す。外国人は、突然鼻の前に堂々と差し出された手の平にびっくりし、突然の香りにまたもやびっくりする。

さて、広辞苑では、山椒は「さんしょう」だ。森鷗外の「山椒大夫」は「さんしょうだゆう」である。しかし、祖父母も両親も親戚も夫も「さんしょ」という。

春のめだか雛の足あと山椒の実それらのものの一つかわが子　　中城ふみ子

この歌を知ったときから、私も、「山椒」を「さんしょ」に決めた。

山椒は、ミカン科の落葉低木。四月ごろ芽吹く。春に生まれた葉も、夏に咲く花も、秋につける実も、すべて形状は控えめ。反して葉や実の香りと辛みは印象的。この木の名前を知り、香りや味を受け入れたとき、人はおとなになったと自覚するのかもしれない。

今、庭の山椒は芽吹いている。筍料理、魚料理、ときにはカレーに大活躍だ。夕焼けのなか、小走りにさんしょの葉っぱをとりに行く。

茄子のいろ

大根も人参も皮をむいたら同じ色の中身が現れる。あれっと思う色が現れるという野菜の代表は茄子ではないか。茄子の紺は、漬物にしてもオリーブオイルで炒めても色鮮やかだ。それに引き替え中身はというと、それは視覚的にまったく存在感がない。弱々しい色だ。特に調理前の茄子の中身は手触りさえも心もとない。この不安そうな中身をキッチンで見かけると、なぜか弱い自分を思い出す。

十五歳、生まれてはじめての受験。高望みはしていない。先生も両親もぜったい大丈夫だと言う。しかし、私は、はてしなく不安であった。受験の日から発表の日まで、あの問題はどうだっただろう、名前はちゃんと書いただろうか、英語の簡単なスペルは間違っていないだろうか、と、もう取り返しのつかない事柄を次から次へと思い返す。発表の日、ちゃんと自分の番号はあったのであるが、それさえも自分の喜びの記憶にはない。この数日の不安な自分だけが十五歳の自分の記憶なのだ。

茄子にはさまざまな調理法がある。漬物、揚げ物、煮物。いずれも茄子紺の賞賛の陰に、ささやかな、美味しい中身がある。今日は焼き茄子にでもするか。

予測

窓という窓をすべて開けた。エアコンの冷房に頼るか、扇風機のまま持ちこたえるかは悩むところである。とにかく今日は熱帯夜。まずは扇風機を選択する。就寝時間が来た。ひとつひとつ念入りに点検しよう。パジャマは夏用にしているか。扇風機の高さや角度は適切か。タイマーは一時間にしたか。飲料水と団扇は枕元に置いたか。スマホの充電は大丈夫。おっとこれは熱帯夜に無関係だ。何せ扇風機にお願いすると決めたのだから寝る前には気合が入る。

ようやく電気を消す。今晩の気候は手強い。眠りについて、まず、いや、まだ一時間半しかたたない。つまり扇風機のタイマーが切れて三十分。しらずしらずのうちに団扇を手にしている。昔、隣りに赤ちゃんがいたときはどれだけ団扇をパタパタしても疲れなかった。若かった。今は一、二分で疲れる。自分の二の腕が重い。近くにいるはずの連れ合いには期待できない。こちらに向けてパタパタしてほしいなどというテレパシーは受け取りを拒否し、熟睡している。団扇は早々にあきらめた。次はまたまた扇風機。ピッとスイッチを押す。風が来た。右に左に、さわやかな風の流れ。フニャフニャフニャと、あっという間に眠りに落ちた。一時間後、すっとあっさり風は止む。あっさり目が覚めた。暑い。もっと長いタイマーにしておくべきだった。もう遅い。

窓という窓をすべて閉め、エアコンの冷房、二十八度、弱風にお世話になりながら朝まで安眠した日の話。

八月

僕の車は「スーパーセブン」。イギリスのクラッシックカー。車高が低く、まるで地面に坐っている感じ。出発は蔵王の山裾。「東京へ行こう」。十五分もあれば行ける。「悲しき天使」なんか歌いながらブンブン飛ばす。もう着いた。東京の町の中も何のその。八月のオープンカーは、止まると頭が熱い。止まれない。止まらない。

「あ！」「ああ！」「あああ！」。できあがったばかりの東京スカイツリーに衝突してしまった。スカイツリーはみごとに三つに折れた。ポッキーのように簡単に。記念にそのうちの一本を持って帰ることにする。何に使う？　電信柱？　ガードレール？　考えがまとまらないままスーパーセブンにくくりつける。蔵王の山裾まで十五分。今度は口笛を吹きながら帰ろう。

到着。いつものように、スーパーセブンのドアの上から外へ手を伸ばし、地面でキュキュキュキュとタバコを消す。車を降り、ドアを軽く閉める。打ち水をしているワイフに声をかける。ただいま。これ東京土産だよ。と、おもむろにスカイツリーの三分の一本をおろす。ワイフが言った。「よかったわ。ちょうどマドラーがなかったのよ」。

閻魔大王様

拝啓　真夏日の続くこのごろ。お変わりございませんか。今もって御目文字は叶いませんが、あなた様のことはいつも気にかけております。

小学生の頃、あなた様のお姿を、生身ではなく、像や絵で拝見いたしました。京都の六道珍皇寺という寺でございました。このあたりは平安時代の鳥辺野。現世と冥界の接点、六道の辻でございます。その名も「閻魔堂」にはまさにあなた様の像がおわします。隣にはあなた様の裁判の補佐をしておりました小野篁の像。この寺には「地獄絵」もございます。血の池、針の山など恐ろしい光景の真ん中に、ワイルドなお顔のあなた様がどでんと座っておいでです。ここに来ると肩甲骨のあたりがひやっといたします。

今一度気になります所以は、落語の「地獄八景亡者の戯れ」。演者のなかでも桂枝雀のものは特に趣がございます。もう彼もそちらでお裁きを受け、極楽の観光地で遊んでいることでしょう。枝雀によると、審判を受ける亡者が賢くなり、昔のように抑えがきかなくなった。閻魔さんもこりゃいかんと思い、ちゃんとした裁判長になるべく通信教育を受けたがすでに試験に落ちること三度。今はブレーンに大岡越前や遠山の金さんなどを置いて頑張っている。とのこと。人間らしいあなた様を発見いたしました。

草食系男子がもてはやされる昨今、肉食系男子はことに魅力的でございます。肉食系で人間らしいあなた様。私の好みでございます。

今度そちらに伺いましたら、どうかこの手紙のことを思い出してくださいませ。

たいへんお忙しいかと存じますが夏風邪など召されませんよう。

敬具

行き来

細いヘビは、アパートとその隣の豪邸のすきまに暮らしている。アパートは最寄りの駅から徒歩十分。静か。と、好条件ではあるが、築四十五年、風呂なし。住人は、新築の時からずっと暮らしている高齢者たちだ。空き部屋が多い。一階二階各四部屋のうち、住んでいるのは約半分。あとの部屋は倉庫代わりに使われている。ほとんど人の出入りがない。

隣の豪邸はといえば、これまた七十代の夫婦だけが暮らしている。アパートとの境は四十五年前に作られた心もとないブロック塀。そのブロック塀にぴったりくっつくように豪邸のカーポートがある。そのカーポートの下には最高級の外国車が輝いている。カーポートのまわりは大きな庭、そのむこうには大邸宅がそびえたつ。

アパート側には一メートルほどの小庭が四軒分横に連なり、ヘビとしては案外自由な住環境である。

ヘビがそろそろこの先のことを考えていた八月末。台風が来るという。この年は台風がたくさん来た。またかという年であった。しかし台風は、関西へは立ち寄らず西側を抜けて行くらしいとのこと。ヘビもアパートの家主もほっとしていた。

少し強い風が吹き抜けていった夕方、家主の家のチャイムが鳴った。家主が出ていくと相手は豪邸の奥様だった。「お宅のアパートの壁、落ちましたよ」とのこと。家主夫婦が驚いてかけつけるとアパートの二階部分の外壁の三分の二が落ち、下地があらわになっている。しかも豪邸のカーポートの真上の壁であった。カーポートの薄紫色の天井部分はいくつも穴が開いている。間一髪、なぜか車だけは無傷であった。車よりカーポート代のほうがうんと安いので家主はほっとする。家主は、保険に入っているので、アパートの壁の部分の補修は保障されるはずだと高をくくっていた。しかしそれは大間違いだった。後日、「老朽化」は災害の保障にならないとの査定がくだされ、家主はプンプン怒りながらその保険を解約した。長い期間掛け続けたのに。今後老朽化から遡れることはないのである。

さて大きな代償と長い時間を費やすことを余儀なくされた家主夫婦。ある日、あのヘビのことを思い出した。もしかすると、外国車に壁の破片が当たらなかったのはあのヘビのおかげかもしれない。ヘビはいつも超能力者に例えられる。来年もきっとアパートと豪邸を行き来しながら住人のひとりとして暮らすことだろう。

ボタン屋

長身の敏腕刑事緑陰に
ところてん中途半端に笑うなよ

ボタン屋のボタン散乱熱帯夜

熱帯夜ボタンの多いワンピース

木下闇ペパーミントの男振る

女子会は小さな山の滴りへ

月明りマンゴー農家の笑い声

どんと干すちっちゃな水着もわたくしも

弁護士と判事の夫婦蚊は一匹

晩夏光雑居ビルから出る手足

みつ豆の一員になる丸テーブル

クン付けで呼ぶ稲妻の同窓会

呼んでビールしゃべってビール家に居る

さわさわ

イノベーション

昔は直通で下の穴に落ちていた。その後、水洗トイレができた。便利だと思ったのもつかの間、便器が汚れるという現象がおきた。水洗といっても万能ではない。そこで便器を洗う洗剤が開発された。次に、掃除に手を抜く人のために、こびりついた汚れを落とすという強力洗剤が登場。それでもまだ、汚れが落ちないじゃないのと文句を言う人がいる。そこであらたに、予め散布しておくと汚れにくいという予め洗剤が開発された。事後事前、いずれにせよ泡の洗剤が売れ行き好調らしい。

最新のトイレにマッチできない。まずドアノブ。数年前、新幹線のトイレに行くとドアノブがなかった。開けたいのに開かない。どこだどこだ。老眼鏡を持ってくるべきだったと後悔しながらドアをなめるように点検。通りかかった高校生がことを察して開け方を教えてくれた。入ってからも気が気でない。流し方はわかるだろうか。閉め方はわかるだろうか。開け方はわかるだろうか。

そして、またトイレは進化した。トイレのドアを開けると、もうすでにどうぞと言わんばかりに蓋が開く。こんなトイレは高級住宅街のお宅におじゃました時だけだと思っていたら、もうシティーホテルでも導入されている。このことを知らずに、ドアを閉めるのに手こずったり、からだの向きを変えようとしていると、はやばやと仕事にとりかかった蓋にお尻を打たれるのである。親切かつ意表をついた蓋に「あ、すみません」となぜか謝ってしまう。その後、定位置につくかつかないかでシャーという水流音が流れてくる。少し前までは音符の絵が描いてあるところを押すと音楽が流れた。女性の恥じらいを察して、これでもじゅうぶんに気が利いている。もちろん用を足し終えるまでお客は何もしなくてよい。そして、用を足し終えたあと、水を流すボタンはどこかなと感じた瞬間、バシャ――と勝手に水が流れる。これでもかという水量である。これなら便器は汚れようがない。洗剤はきっと少量で済む。

こんなにもてなしてくれるトイレ。次に業界が考えるのは何だろう。人間の体の中で排泄物をキレイにするというのはどうか。腸や膀胱にある状態ですでに浄化する装置を開発。体のなかを定期的に水が流れ、定期的に乾燥。というようなことになるとトイレは要らなくなってしまう。

どっぷりと水の惑星春愁い　　雅子

橋梁設計士

八月だ鷹派の男と二人っきり

家も金も女も持った松虫も

教室から月光に向かうクリアファイル
星月夜橋梁設計士なの彼は
茱萸と茱萸のあいだに男の嘘っぱち

惑星止まらず新米炊き上がる

鉄棒に無数の指紋小鳥来る

澄む秋を動物園になった駅

金属製少女ですって月の家

台風圏炭水化物摂取過多

待宵のサラダふんわりこんもりと

いち早く舌が感知する月光

露草に恋愛ノウハウ目は伏せよ

昼花火非常口から錆びはじめ

わたしの誕生月

一九六四年東京オリンピックが開催された。開会式。入場行進。古関裕而の「オリンピックマーチ」が流れる。聖火が長い階段を上ってゆく。

競技が始まると、父は、テレビの中の選手をカメラで写した。そのためにカメラも買い替えていた。チェコスロバキアの体操選手チャスラフスカと、日本のレスリング選手上武洋次郎だけはちゃんと写っている。

十歳の私は、家の中の敷居を平均台に見立ててチャスラフスカを真似ていた。この時、それまで小学校の校庭で遊んでいたドッジボールや鉄棒や百メートル走が「スポーツ」というちょっとおとなびたものに変わるのかもしれないと思った。運動会の百メートル走がオリンピックにつながっていると、その、ほんの小さなテレビ画面を信じたのである。

バレーボール女子の決勝は日本対ソ連。最終セットは接戦。スポーツとは苦しいものだ。しかしその苦しさを乗り越えて優勝した日本のキャプテンは泣かなかった。

勉強は嫌い。体育の授業は大好き。これはこの東京オリンピックのせいである。このときから体内の血流はオリンピックマーチに乗っている。たまたま出会った連れ合いはミュンヘンオリンピックのレスリング候補選手。

少女が十歳になる年の十月十日、オリンピックがはじめて日本に来た。

地下の影　（森山大道写真展）

地下へ地下へと降りてゆく。かっとした日差しからどんどん遠ざかる。ここは写真展の会場。写真に囲まれた部屋を次から次へと回る。誰も話をしない。無音の部屋を出て無音の部屋に入る。

タバコの自動販売機があった。タバコを指にはさんだレトロな日本人がその横に立つ。タバコを指にはさんだ新しいタイプの日本人もその横に立つ。都会の片隅にエアコン室外機があった。古くて鈍い音が聞こえる。女の後ろ姿。ジーンズの腰は、いつも喫水線である。スナック街を歩く女のイヤリングは必ず揺れている。都会の駅の雑踏に、生温かな風が吹く。

影のむこうの優しい眼、光のむこうの淋しい眼。もしかしたら、これは昨夜の月の眼ではないか。月の視線のようにひんやりしている。

真っ黒な野良犬がいた。犬は鳴かない。犬は影のかたまりだった。犬から逃げて地上に出ると、放り投げたような昼の月があった。

炭人間

「つまんねえな。音楽だって古典音楽と現代音楽があるのによ。俳句はいつまでたっても古典のままだ。いつまで引きずってんだい」

高野さんはテニス友だちである。体脂肪率七パーセント、真っ黒。七十代だというのに、真夏のテニスコートでもタフ。きっとこの人の死に方は、「干からび死」だと想像できる。

高野さんと出会ったのは七年前。京都の片田舎の土埃上がるテニスコートに、東京から引っ越してきたという初老の男性が来た。彼は、古風なラケットを持ってサーブの練習をしていた。髪はグレーで長め。いわゆる芸術家風であった。あっ、左利きだ、と思った。

少しして、高野さんが国立大学でロボットを研究する教授だったと知った。専門は制御。テニスのプレーは制御できないものですねと言うと「こんにゃろー」

と言う。少しして、この人が日本酒党だと知った。また少しして、この人の趣味が音楽だということも知った。

先週、高野さんと熱燗をちびりちびりとやりながら、はじめて俳句の話をした。高野さんは、竹下しづの女を知っていた。近いうちにもう一度飲みに行こう。高野さんが石炭か木炭にならないうちに。

目詰まり

笊籬（いかき）が木製の棚の上に伏せて置かれている台所。まん丸ではなく、茄子を半分に切ったような形の大きな重い笊籬。昭和の中ごろまではよく見かけた。その仲間の竹製の丸いざるもいつの間にか消えた。今やカラフルなプラスチック製のザルである。ザルがもっとオシャレな名前に変わらないのが不思議だ。ザールとかザルーとかスルーとか。

このザル、洗うのがたいへんだ。数あるキッチン用品の中でも最高に面倒。我が家に食器洗浄機はない。手で洗うのが好き、と友だちには言っているが、その実、高くて買えない、置き場所がない、などの理由である。ザルの目には食べ物の欠片が詰まりやすい。ザルは分別が仕事であるから、通すか通さないかでよいのに、どの世界にも中間はいるものだ。電気にかざしてすべての目をチェック。ピカピカになったザルをどうだと言わんばかりに棚に乗せる。

テレビからＣＭが流れた。「みなさん、ザルはバイ菌の温床です。しっかり洗いましょう。この洗剤がいいですよ」とのこと。再びキッチンに戻り、再度先ほどのピカピカのザルを棚から下ろし、あっち向けたりこっち向けたりして点検する。「ザルの洗浄点検二度目」は、必ず再度洗う箇所を見つけてしまう、という法則がある。おそらくザルは使う時間より洗う時間の方が長い。

芋嵐出口を探す小悪党　　　雅子

雨のはなし

その日は土砂降りだった。雨に降られる人間はもちろん苦しい。しかし雨の方も体力を使い果たす。雨は「ああ疲れた」と言いながら斜めに傾いた。歌麿の「夜雨」や北斎の「きんたいばし」のように四十五度に傾いて降り続く雨。しばらくすると、雨はまたまた力を使い果たした。「斜めは疲れる」。とうとう雨は真横になった。不精な、寝そべった形で降り続く。

ピンクのスーツを着て大きなイヤリングをつけたマダムが街の中を歩いていた。こんな日に。マダムは突然真横から降ってきた雨に驚き、立ち尽くしてしまった。傘を真横にしたが全身は被えない。ハイヒールの足に雨があたる。あまりに痛いので傘を足の方に移動すると大きなイヤリングが飛ばされた。ついには傘も飛んで行った。

川沿いの道をお坊さんが歩いていた。こんな日に。横殴りの雨は降り続く。袈裟は濡れるし頭も濡れる。とうとう傘を放り投げてお経を唱え出した。

マダムの傘やお坊さんの傘、道を歩いていた人のほとんどの傘を、真横の雨は飛ばしてしまった。傘の集団はどんどん膨らむ。雨は、「傘と一緒に飛ぶなんて真横も疲れるなあ」と言いながら、今は上向きに降っている。

工場

雑談に好敵手あり星月夜

スカートの縞のはじまり秋の川

秋冷のピアノに乗る指乗らぬ指

流れ星男の口びるかっさらう

スリッパでどこまでも行く十三夜

長き夜の木工細工車軸から

天の川指紋認証して開く

工場の裏手は枯野ジョンがいる

秋の橋黙って帰る消防車

こけ玉に秋の水足す夫にも

新涼のプラネタリウムドアがない

うそついた水曜の午後梨の午後

梨くださいの声の良くなるワンピース

夕食後夫婦解散星月夜

きりきり

伏見区深草

京都で戦後の戦といえば。ここまで言うと、京都の人はすぐピンとくる。その戦とは応仁の乱のことでしょ、と笑い話にするのである。私の住む伏見は、京都の中心街からずいぶん離れていて、京都とはいえ市街図の下からはみ出している部分だ。平安時代は貴族の別荘になったほど。今も昔も草深い。何せ「深草」という地名である。応仁の乱の戦火からのがれたという寺の四脚門もすぐ近くにある。我が家もそのころからずっと今の場所に住んでいたとか。

京都の中心部の町家は、税金が間口の広さで決まることから縦長、いわゆるウナギの寝床仕様になっている。奥へ行くほど広くなっているのだ。ところが我が家はずいぶん横長。田舎なので税金問題はなかったらしい。そのせいで外回りの掃除に時間がかかる。今は近所の八十歳のおじさんが掃除をしてくれる。しかし先日、このおじさんが自転車で転倒し、入院してしまった。困ったなあと思っていたら、別のこれまた八十歳のおじさんが現れて掃除をしてくれている。

自分の家のことを書くのは気恥ずかしいが。まず、自宅の門は長屋門である。大岡越前のドラマに出てくるご家老様の屋敷の門に似ている。近所のおばさんたちに「あんたはこの門がある限りお嫁に行けんやろなあ」と言われたりした。が、いいお婿様が来てくれた。息子が小学生のころ、友だちが夜に訪ねて来るときは、この門をドンドンとたたいて大声で「たのもうー」と言った。

さて、門から入ると三つの庭に分かれる。一つは門から家までのがらんとした庭、兼駐車場。左側は野菜用の庭。単に畑だ。右側は木の小門があり、それをくぐるとちゃんとした日本の庭。この庭の一角には茶室も蔵もあるが、只今崩壊進行中である。

外国のお客様を迎え入れてもう十六年になる。個人の家の案内と日本文化の体験を二時間くらいで実施するという仕事。英語もフランス語もスペイン語も話せないがガイド付きなので大丈夫。ボランティアではないので責任はあるにはあるが。

外国のお客様にはこの小門から庭に入ってもらう。飛び石や井戸や灯篭や水琴窟などの説明をする。このような日はお婿様の出番だ。早朝から手箒で庭をていねいに掃いてくれる。苔のうえは殊更ていねい。私は大ざっぱに手伝う。槙の葉や松の葉は二人とも大嫌い。掃きにくい。

庭を見まわしたり写真を撮ったりし終えたお客様を家の中へ。外国のお客様は靴を脱ぐ場所に迷う。沓脱石があるのに、はるか遠い飛び石の上で靴を脱いでいる人。靴のまま廊下に上がる人。脱いだ靴をぶら下げて座敷に入る人。そうこうしてようやく全員を座敷に通し、大きな座敷机のまわりに座ってもらう。まずは障子とふすまの違いの話から。これは結構喜ばれる。床の間の掛け軸や香炉などを説明。床の間はいろいろな木を使っています。違い棚もありこの部分は小さな美術館です、とかなんとかテレビの受け売りも混ぜる。シャッター音が大きくなる。次は父愛用の大きな碁盤。囲碁は、中国で四千年前に始まった日本のゲームです。縦十九、横十九、全部で三百六十一の碁石を置くことができます。これは一年の日数に近いので中国では占星術に使われていました、とテレビの情報をまたまたお借りする。

では次の間へ。ここは仏間です。仏壇があります。真ん中にあるのは、死んでからお寺からもらう特別な名前が書いてあるタブレット。位牌と言います。奥には十九代分の位牌が収納されています。というと身を乗り出してみる人、写真を撮る人。先祖もびっくりし、きっと喜んでいる。そして、これはお経を唱えるときにリズムをとるものです。と言って木魚と鉦をたたくと興味津々。お客様にもたたいてもらう。これは人気体験である。

そして次の間へ。第二の応接間。江戸時代の提灯箱が三つ並んでいる。「ドゥユウ　ノウ　ペーパーランタン？」と聞くとたいていのお客様は「イエス」と言う。ちゃんと下調べをしてきている人が多い。これは提灯をコンパクトにして入れる箱だと説明。「オウ！」と納得してくれる。先日、間違えて「ペーパーランタン」を「ストーンランタン」と言ってしまった。通訳の人が「石灯篭はたためませんよ」と真顔で言った。長押には四メートルほどの槍が三本掛けてある。これも人気。「昔、先祖が庄屋をしていたのでこのエリアの平和を守るという意味で置いていました」と説明。「今日は使いませんよ」とオチをつける。

そして次の間へ。ここはリビングルーム。神棚をさらっと説明。その部屋の隣は土間になっている。昔、お竈さんがあったところ。なのでまわりは煤で真っ黒。

煤だらけの大きな梁が数本あり、吹き抜けになっている。煙はあの窓から外へ出ます、と一番高くの小さな「煙り出し窓」を指さす。外国の方にとってはちょっとした異空間。しきりに上を向いて、大きな真っ黒な梁の写真を撮っているが、帰国して写真を見たら何だかきっとわからない。

最初庭から入ってもらったので、メインエントランスも紹介しよう。玄関には玄関の神様がいる。戸の上にある小さな木の扉の祠がそれだ。外国のお客様はよく鳩時計と間違う。玄関には外側の戸と内側の戸がある。外側の戸は地震が起きたとき、枠ごとごそっと外せる「地震戸」なのだと九十三歳の父は言う。内側は細かい格子の戸で外から中は見えないが中から外はよく見える。グッドアイデアである。ちなみにカギは今でも「つっかい棒」。これはピッキングなど遠く及ばない強固なカギだ。

というわけで日本家屋の説明はここまで。キッチンや風呂は現代風なので案内しない。案内する部屋は先ほどのたった四部屋である。これらの部屋は、この仕事をするまでは法事くらいしか使わなかった。だから、やりがいのない掃除は嫌いだった。しかし今は、掃除イズマネー。この家の隅々まで急にいとおしくなった。何より庭掃除をしてくれるお婿様に感謝。

数年前、父の許しが出て家の外側をサッシにした。それまでは木製の雨戸だった。サッシのほうが防犯にもなる。しかしガラス窓はよく汚れる。この間ガラスみがきをお婿様に手伝ってもらった。「あなたがしてくれるとすっごくキレイ」と言ってみた。お婿様は、もうすぐ全ガラスみがき担当に立候補してくれる予感。

焼芋屋

氷柱伸びるビニール傘の忘れ物

口喧嘩くっきり洗う九条葱

レギンスとパッチの家系図以後続く

言い張って大寒突っ切る古女房

目薬あふれる銀色のクリスマス

冬晴れにどうぞ狸森焙煎所

雪でーす目くじら立てるほどじゃない

寒月光せっせと磨く糸切り歯

イケメンの最新情報細雪

手心を加えるなかれ焼芋屋

柳葉魚焼くリーダーシップとは無縁

徒歩十分　～町の断片～

駅の東口を出るとすぐに川があり、橋がある。その橋を渡ると質屋がある。テレビ、ステレオ、カバン、時計などなど、小さなショーウインドーにぎっしり品物が置かれている。小学生のころ、質屋が、やむにやまれぬ事情で品物を金子に替える店だとは知らなかった。そのショーウインドーをながめるのが好きだった。

質屋の隣は薬屋、その次が理髪店。そこまで来ると車道に出る。その車道を渡ると肉屋。母はこの肉屋のコロッケが好物だった。冬、この店の揚げたてのコロッケを買って帰ると、母は冷めないように数枚のタオルでくるみホームコタツの中に入れた。晩ごはんがコタツの中から出てきた。

肉屋の次には小さな居酒屋があった。父は、酔いつぶれてもまた起き上がる「だるま会」という常連の酒豪の会のメンバーであった。父はただいま九十三歳。他のだるまのみなさんはみんな天国にいる。居酒屋のおかみさんはどうしているだろう。

少し行くとＪＲの踏切に行き着く。駅から自宅までのちょうど真ん中あたりだ。ここからは、線路に沿ってフェンスで囲まれた道をまっすぐ進む。高校生のころはこの道がなく、みんな遠回りをしていた。この線路は単線だったのでめったに電車は来ない。来たときは線路の横の狭い草の上に避難する。それくらいの本数だった。というわけで、父母に知られず、三年間、線路通学をしてしまった。

駅からは、徒歩十分で家に着く。今日は、五人の知り合いと三匹の犬に出会った。小さな町である。冬日和。

本屋は二階

スーパーマーケットの二階に本屋がある。二階には衣類、日用雑貨、寝具、文房具の売り場もある。一階は食料品だ。この本屋、ついでにというか、力が入っていないというか。芥川賞が発表されてもその本を大きく売り出す看板は作らない。クリスマスだといっても特別な飾りつけはしない。

大型書店や街角の書店と比べてあきらかに客が違う。客の何が違うかというと、まず姿が違うのである。客の多くはレジ袋やエコバッグを提げている。そしてもうひとつ、客がこの本屋にいる理由が違う。この理由は、もしかしたらすべての書店にいる一部の客と共通するかもしれない。買い物帰りのオバチャン、奥さんの買い物の間待機しているオジサン、立ち読みなのか座り読みなのかベビーカー読みなのか子どもの育児に利用しているママ、一日一度は散歩にやって来る高齢者のミナサン、これらの人びとが、この本屋の客の大半である。専門書をさがしに来る学生はまずいない。

バナナと牛乳ととジャガイモとキャベツとサラダ油を買っても立ち寄ってしまう。右に左に買ったものを持ち替えながらウロウロする。こうして夏目漱石「夢十夜」を買った。宮本輝「錦繍」も買った。買い物帰りに少しだけ文学を買う。

箱の中

カタクチイワシの群。日本海や太平洋の話ではない。我が家のお節料理の重箱の中の話である。

お節料理は作るのメンドウ、無いとサビシイ。最近、完成形のお節料理の売り上げが伸び、デパートでもホテルでもコンビニでも、十一月十二月になるとお節料理の重箱の写真があふれる。我が家はまだ完成形を買うことはないが、あれやこれやと調理済みのものも加え、三段重ねの重箱を三セット準備し、三が日でほぼ食べ切ってしまう。その中の自力で作るお節料理のひとつに「ごまめ」がある。他の材料は安い物を使うが「ごまめ」だけは京都の錦市場で購入する。家族、帰省子、なぜか「ごまめ好き」が多い。こどもたちもこの苦い地味な「ごまめ」を好むのである。将来日本酒党になるような気がする。というわけで、時間はかかるが、とても簡単な調理で済む「ごまめ」を大量に作る。最初の炒る作業は長時間を要するのだが、こどもにもできるので今回は教え込むことに成功した。初期のころの失敗は、タレをからめてできあがった「ごまめ」同志がこんがらかって、ひとつの島のようになったこと。最近の「ごまめ」は、重箱の中を個々に自由に泳ぎ回ってささやかな正月を楽しんでいる。

硬直

夜八時。はげしくチャイムを鳴らす人がいた。大声で何か言っている。向かいのうどん屋のおじさんの声だ。戸を開けると「あれ見てみ」と言って私をひっぱりだした。隣の家の二階の窓から勢いよく吹き出す炎。火事だ。隣とは細い道一本はさんではいるが風向きによっては炎がこちらにやって来る。

父は碁会所、夫は歯医者、長男は剣道の練習に行って留守。七人家族なのに強い方から三人がいない。母はすでに腰が抜けている。なよっとした母を急かして父と夫に電話をかけさせた。小学生の子ども二人には、勉強道具をランドセルに詰めるだけ詰め運動靴をはいて玄関においでとカラスに似た声で叫んだ。そのあと、庭のホースを伸ばし、隣家には届かないまでもそちらの方向に水を飛ばした。消防車が到着して間もなく、隣家でドスンと音がした。二階が落ちたのだという。私は青いホースをにぎりしめていた。

何分そうしていただろう。近所のおじさんがホースを持って硬直している私に「代わってあげるよ」と声をかけてくれた。そのときはじめて震えることができた。

あれから二十七年。隣家は、あのあとすぐに建て替わり、新しい住人が引っ越してきた。私の家は何も変わっていない。

ロープ屋

羅城門郵便局二月の切手

枯野行くポポの木の種埋めに行く

熊眠るニュースソースは明かされず

春隣ゆっくり竹取物語

偏屈なものに二月とミルフィーユ

ふとん屋の夫婦の眠り春の雪

冴え返るエッセイストの下調べ

漆黒の海に金目鯛の赤子

水鳥の胸になりたい水飲んで

還暦へスキップするぞ雪女

受けとめてくれるわラクダの純毛布

あなた語の解るわたくし黄水仙

蕪畑超能力を丸めこむ

変則的情愛を生む納豆汁

ロープ屋の屋上におり冬三日月

☆1週間日記（2016年2月21日から）

2月21日（日）　朝、パソコンに「1週間日記」という名前のファイルを作る。京都マラソンの日。夫と二人で知人の応援に行く。地下鉄「北山駅」付近がちょうど折り返し少し前の地点。彼は十一時半ごろ通過するとの情報。どどっとランナーが走り去り、見つけるのをあきらめかけたころ、発見。沿道を一緒に走ってみたが速くて追いつけない。復路に回ってまたまた応援。「がんばれー、行けー、飛べー、ジェット機―」と叫ぶ。ジェット機を操縦する七十歳の彼は初マラソンなのに笑っている。後ろ姿を見送った後、夫と北山駅近くのファミリーレストランで昼食。ほとんどがマラソンの応援の人たち。午後からは地下鉄の駅二つ向こうのお寺で行われた句会に参加。

2月22日（月）　夫の車で竹箒三本を買いに行く。家の周りの落ち葉を掃除してくれる近所のおじさんに一本持参。昼食は山形の娘が送ってくれた蕎麦。鰊と長芋と葱を入れる。午後、夫はジムに行く。私はテレビでサスペンスドラマを見る。畑に水菜や九条葱をとりに行く。夕食は寄せ鍋。夜、二つ目のサスペンスドラマを見る。

2月23日（火） 八時半、父と母を病院に連れていく。その後ジャガイモを植える。二人だと作業が早い。昼食までに時間があったので、俳句の会の二〇〇通の封書の封をする作業をする。夫が手伝ってくれたのでこれも早く終わる。午後、封をした二〇〇通を郵便局に持っていく。「料金別納」のスタンプを局長さんが「押しておきますね」と言ってくれた。感謝。今日はたくさん作業をしたので晩酌に発泡酒ではなく本物のビールを飲む。一缶ずつ。

2月24日（水） 曇り空。十一時、確定申告の相談に税理士宅に行っていた夫が帰ってきたので「深蒸し煎茶」を淹れる。私だけ抹茶羊羹を食べる。午前中に晩ごはんの準備をする。午後テニスに行く。夜、サスペンスドラマ「百人一首殺人事件」を見る。そろそろ俳句が作りたくなって山本さんに句会の兼題をメールで教えてもらう。三句作って寝る。十二時を少し過ぎた。

2月25日（木） 回覧板を届けに行く。美容院に行く。母は調子が良いらしく明日のおかずとおやつを持っていくと「おおきに」を三回言った。父も三回言った。夕食は鶏肉のホイル焼き粕汁など作る。夕方庭に出ると猫柳や紫木蓮がふくらみ、いろいろな椿が咲き継いでいる。昨日まで痛かった口内炎が治りつつある。夜、テレビで、救急のエキスパートと呼ばれる医師の登場する番組を見た。

2月26日（金） 父と母を病院に送ったあと夫に地下鉄「くいな橋駅」まで車で送ってもらう。カルチャースクールの俳句講師をする日なので四条烏丸まで行く。「青」「萌黄」「茜」の句を選句、合評。みんなで昼ごはんを食べた。サンドイッチと黒豆珈琲。デパートから父の「快気祝い」を送る。夜、サスペンスドラマを見る。単純な筋立だったので途中で見るのをやめ、ビールを飲みながら今日のみんなの俳句を見る。

2月27日（土）　六時ごろ起床。仏花など準備する。庭にフキノトウが出たので六つ採る。朝食前にサスペンスドラマを二本録画予約しておく。朝食後スーパーに買い物に行く。帰宅後、お茶を焙じる。夕食の下準備をする。午後からテニスに行く。夕食は天ぷら。夜、サスペンスドラマを見る。コマーシャルの間に走って洗濯物を干しに行く。次のコマーシャルの間に電動歯ブラシで歯を磨く。次のコマーシャルの間にこの日の日記を書いた。

みにみに

春のめだか

めだかは夏の季語である。と今、電子辞書で確かめた。春、めだかは冬眠から目覚め、活動をはじめる時期。中には体力の低下しためだかもいる。春のめだか鉢は、めだかに充分気を遣ってメンテナンスしよう。と今、検索したホームページ「めだかの飼育」で確かめた。

「春のめだか雛の足あと山椒の実それらのもののひとつかわが子」は、子どもを残して三十一歳で亡くなった中条ふみ子の歌。

春は小さなものが愛おしくなる。ビーズの指輪、訂正印、デミタスカップ、ストラップについている不要な鈴。

グレープフルーツの花

山なのに谷。都会から少し離れた山手に窪んだ土地がある。女あるじは、その窪みに建つ大きな洋館に暮らしている。鬱蒼とした木々に囲まれたその家は百年前の風が吹く。その日、どこからか来る甘美な香りに昆虫も人も引き寄せられた。三十年前、子どもが食べた果実の種が地につき、やがて庭の大樹となった。白い花が咲き満ちたグレープフルーツの木。芳香の中にいると、グレープフルーツの木を、見上げているのか見下ろしているのかわからなくなった。ドアの外だったのか内だったのか。山だったのか谷だったのか。

草青む

「下萌」という季語がある。下が萌える、何だか不謹慎。俳人の中には頭の端っこでそう思っていても「春の到来を感じますなあ」とか言う。辞書によると「下萌」は「人目につかず芽ばえること」。十五、六年前ごろから「萌え」はアニメの中で、愛するという感情のことばに使われはじめた。いわゆる「オタク用語」である。その後、流行語として幅広く使われている。この俗語「萌え」の出現により、季語「下萌」はその清い語感から少し変化したような気がする。直接的な「草青む」もいいけれど「下萌」の含蓄も捨てがたい。

五月闇

菩提寺の住職が急死した。通夜、告別式の手伝いを頼まれる。他の寺から来てくれた控室のお坊さんにお茶を出すだけだと言われた。四、五人かと思いきや、次々にお坊さんが訪れる。約五十人。次々にお茶を出す。お坊さんは席を移動する。式服に着替えるまではみんな同じ黒色の袈裟。どのお坊さんにお茶を出したかわからなくなる。みんな剃髪。メガネの人も半分はいる。えっと、丸顔、メガネはスミ。といっても一旦庫裏にもどり、再び控室に入るともうわからない。頭の上に「スミ」と書きたいくらいだ。通夜も告別式もずっと袈裟の波に紛れていた。告別式がすべて終わったのは午後三時。何だか暗い。一日中暗かった。いや黒かった。

ナメクジ

体長二十センチメートル、ヒョウ柄、ヨーロッパ原産、のナメクジ目撃情報をツイッターで募る日本の女性ナメクジ研究者がいる。小学生のころ、畑に八センチほどの黄色い肉厚のナメクジがいた。少女漫画に、ナメクジを食べて声の良くなった女の子の話があり、読んで気を失いかけた。このトラウマから、今、主流のちっちゃなチャコウラナメクジさえ苦手。ナメクジの駆除方法として、飲みかけのビール缶に誘引し溺死させるというのがある。しかし最近は酒に強いナメクジもいる。酒に強い、体長二十センチメートル、ヒョウ柄、ヨーロピアン、のナメクジが勢力を伸ばすなどということは絶対にあってはならない。お願いします。

鰻

「初めての恋」があれば「最後の恋」もある。長年連れ添った夫婦でも最後の恋の相手が連れ合いだとはかぎらない。義母は死に際に「先生一緒に鰻食べに行きまひょ」と言った。「うんいいよ」と主治医が言う。きっと義母の最後の恋情の相手は主治医だと思った。この恋はしかし片側通行である。もし相互通行になれば恋は楽しいし、苦しいし、などという複雑なものになろう。

せめて最後の恋はマグマのように激しくという願望もあるにはあるが、細波のような相思相愛もいいかもしれない。

蚊取線香

畑のなかにポツンとある駅だった。母の実家はその駅から歩いて七、八分。駅を出てすぐの所に蚊取線香工場があった。蚊取線香の匂いや、原料である除虫菊の加工途中の匂いなど、複雑な匂いのする工場だった。多くの人が働くその工場は活気があり、話し声や笑い声やラジオの音などが絶えず外に漏れていた。夏の高校野球決勝戦、太田投手擁する青森三沢高校対松山商業。その延長戦を工場の壁に守宮のようにはりついて立ち聞きした。そのあと母の実家で過ごし、やはりその工場を通って駅へ向かう。夜は静かだった。駅に着くと小さな灯に蚊がわんさ。

この蚊取線香工場、まもなく火事で焼けてしまった。

汗

　吸湿速乾、さらっとしてむれにくく快適な着心地。抗菌防臭・放湿機能付きドライメッシュ。綿百パーセント素材にこだわっていた中高年でさえ、最近はこのような化学繊維の下着にはまりだしている。数年前、息子が帰省したとき、洗濯物を見て驚いた。このたよりないTシャツは何？　このフニャフニャのパンツは何？　洗濯後、干している間にもう乾き始めている。なるほど、ひとり暮らしには最適だ。化学繊維はからだに良くないと思っていたが、汗をそのままにして体が冷えるよりは良いとのこと。

　いやいや、やっぱり汗は健康的だ。汗の匂いは人間の匂い。イケメンの汗はイケメンの香り。きっちり畳めないようなフニャフニャパンツはいやだ。

秋の声

風は不定期に吹き、川の水はとどまっているかのように流れている。女は森の別荘にいた。この別荘は昼も夜も暗いので、闇に恐怖を感じることがない。都会ではこれを「とっぷりと日が暮れた」というのであろうころ。開け放った大きな出窓を背に薄手のショールを肩に巻き付けた女は、立ったまま目を閉じている。するとこの無防備な女の右耳にふっと息がかかった。女は目をあけ、まわりを見回し、そして翻って窓の外を見た。確かに暗闇に呼吸がある。二十億光年の星から帰宅した夫のため息であった。

秋高し

ローレンス・クラウス教授の「宇宙白熱教室」をテレビで見た。今後宇宙は膨張し続けるのか、収縮し続けるのか。私には理解できないはずの内容なのに、徐々にわかってきたと錯覚するのはプロの手並みである。この空の向こうにとんでもない未来がもうすでに進行しているとは奇妙なことだ。

さて、週に何度かテニスをする。右利きの場合、サーブのトスをあげるのは左手。秋はその左手の先の、そのまた上げたトスの先に、とてつもなく澄んだ空がある。若いころのようにはスピードの出ないサーブではあるが、青い空に頭まで突っ込んでボールを打つ。一瞬、錦織圭になる。

障子貼る

ドバイからお客様が来た。「ドバイの首都を知っていますか」とそのお客様に聞かれ、中東あたりの都市を手当たり次第言ってみた。当たらない。すると、「ドバイは一つの国ではありませんから首都はありません。アラブ首長国連邦のひとつです」と客は笑った。あらま。ドバイといえば映画にもなった超高層タワーと金の自動販売機くらいしか知らない。そういえばこの人、トムクルーズに似ている。四歳の女の子連れである。この子がまたツワモノであった。我が家は座敷、仏間、次の間と連なっていてけっこう走れる。もはやこの子の行動はおとなの視界に追いつかない。とうとうバランスを失い障子に手をつっこんでしまった。「ちょうど張り替えようと思っていましたから」と一応トムクルーズに言っておく。

冴え返る

門を開ける。新聞と牛乳を取り込む。お湯を沸かす。朝食の準備をする。片付ける。洗濯をする。どこまでが朝の仕事だろう。庭を掃く。家の外回りを掃く。家の中の掃除をする。布団を干す。これもまだ朝の仕事である。新聞を読んだり、コーヒーを飲んだり、道路の掃除のついでに近所の人と話をしたり、ということがこの間に挟まる。これらのひとつひとつに時間がかかると朝は伸びる。ちゃちゃちゃと終えると朝は縮む。自分の時間を得るためにこのちゃちゃちゃを続けていた。しかし、今や我が家は高齢の両親と私たち夫婦、つまり老人四人家族。朝食の量も洗濯の量も布団の量も子どもたちがいたころとは大違い。近所の人との話さえ長引かなければ朝はすぐに終わる。二月の寒い日は殊更朝が縮む。

人参

人参になった夢を見た。土の中はとっても暖かだ。ときどきダンゴ虫が足をくすぐる。ときどき三毛猫が、地上に出ている頭の部分に触れて通り過ぎる。青空から来たヒガラも頭をかすめる。頭は重要だ。触れたら「ごめん」とかなんとか言ってもらいたいものだ。

人参の私、ちょっと太り過ぎたかなと笑いながらダンゴ虫に話している途中、スポッと真上に引き抜かれた。笑ったまま地上に出てしまった。なので、笑ったまま夢が覚めた。

ファー

登る山、目指す山、信仰の山、眺める山。登る山は、頂上へ到達するのが目的ではない。とにかく上へ上へと進む。逆に、目指す山は、登頂が目的。九割方登っても満足感はない。一歩目を踏み入れるときからやや緊張するのは信仰の山だ。靴の裏から土のざらつきが感じられるくらい丁寧に歩く。眺める山はというと、例えば、山頂にうっすら雪が積もったなあと遠くから見る。そして、白いファーのついたコートを押し入れから出すのである。

建国記念日に思うこと

日本国を建国したのは神武天皇だと日本書紀にあるらしい。こんな日にこんなことをしてしまった。今日は今年はじめての麻雀会。我が家では一、二か月に一度、仲間との麻雀会を開く。お金は賭けない。元締めである私たち夫婦が、メンバーと日時と飲食の手配をする。全員六十歳以上になり、小さな牌の字や絵をよく見間違う。勘違いもよくする。

開始したのは午後一時。解散は午後十時だった。いつもは最下位の人が、今回は一位になった。『絶対負けない麻雀』という本を熟読したとか。何につけても勉強は大事だと、あとの三人は猛省した。

子どものころ父から教えてもらったことのなかで、麻雀は一番役に立っている。でも、そのあとの勉強が足りない。勉強の必要性を認識して建国記念日を終えた。

わたしの十句

菊だらけ国宝だらけ髭だらけ

二〇一六年、日本は空前の観光ブーム。地元京都はもちろん、大阪や奈良にも国内外の観光客があふれている。

「阿修羅像」を見に行った。なるほどイケメンである。奈良興福寺の国宝館の中は、どれもこれも宝物だ。国宝、重要文化財がこんなにあるのかとびっくりした。秋には菊の花がずらっと並ぶのだろうか。こうなるとまた近寄りがたい。興福寺は、国宝館の阿修羅像など十七体の仏像の台座下に免震装置を設置している。震度七クラスの大地震でもこれらの仏像は倒れないらしい。時にはへなへなとくずおれたい時もあるよと阿修羅は憂いて見せた。

空町に空がいっぱいバナナかぷっ

東京スカイツリーの根元にある「東京ソラマチ」。スカイツリーの真下は複雑である。カフェ、水族館、レストラン、商店、どこからどこにつながっているのか。

高いところが好きだ。スカイツリーが完成してすぐに行った。なりたかった職業に「ブランコ職人」がある。ビルの窓を拭く職人さんのことである。ちょうどスカイツリーの最上階に着いたとき職人さんが窓を拭いていた。周りの景色を見ずにその人の手の動きや作業の手順ばかりを見ていた。京都の町のなかでも、たまたま見ていたビルの窓の外で、向かいのビルの窓を拭く人を発見することがある。あそこからゴンドラが上がり、横へ移動して、まず腰から何かを取り出して、という工程をじっと見る。炎暑の日や極寒の日の苦労はいかばかりか。それでも高いビルの外側をロープ一本でひょいひょい横に移り窓を磨き上げてゆく職人さんを見るとじっとしていられない。ピカピカの窓ガラスに春の雲がぽよんと写ると拍手したくなる。

聖護院大根雑踏に純情

錦市場はずいぶん変化した。今年生誕三百年をむかえる伊藤若冲の生家はこの青物問屋だった。生家は現存しない。そのころも栄えたり衰えたりしていた。江戸中期、錦市場に存続の危機がおとずれた。そのとき錦市場を救うために奔走したのはなんとこの若冲である。青果問屋という「商社」のお金持ちの家に長男として生まれ、何一つ苦労のないぼんぼん。酒は飲まず女に興味もない。芸事も商売もこれといって取柄はなく、絵だけが生きがい。その若冲が錦市場の権利にかかわる争議に市場全体の代表として汗し、勝利した。この争議の間は絵を描かなかったらしい。若冲のイメージが変わった。このような危機を乗り越えて、今、錦市場は栄えている。国内外の観光客のために食べながら歩けるようになっていて、京都の住人は驚くばかりである。「食べながら歩くやて、お行儀が悪おすなあ」と明治生まれのおばあさんの声が天から聞こえてくる。

雨月だし青年僧は不在だし

京都の岩倉に妙満寺という日蓮宗の寺がある。俳諧の祖、松永貞徳造営の「雪の庭」がある。貞徳により、初の俳諧興行、「雪の会」が催されたことでも有名。この寺で句会が開かれるというので参加してからもう十年近くになる。四季折々の景色が楽しめる。なんといっても比叡山を借景にしている。「月の会」などは本堂から比叡山の上にのぼる月を真向かいに眺めるという贅沢さ。「花の会」は境内の枝垂桜をくぐり、開け放たれた大書院から昔のお姫様のように花の数々を指さす。ただ「雪の会」だけは思い通りにならないらしい。もう何度か参加したが一度も雪が降らない。

この寺には常に何人かの修行僧がいる。その修行僧が句会の参加者の世話をしてくれる。時には句会の披講なども手伝ってくれる。ある句会のとき、その修行僧の中に彫りの深いイケメンの青年がいた。披講も上手くたちまち人気者になった。アメリカの大リーガー「ダルビッシュ有投手」に似ていたのでその後も「ダルビッシュ君」と呼んでいた。残念ながらすぐにほかの寺へ移動してしまった。ダルビッシュ君は今どんな僧になっているだろう。

鉛筆を削ろう富士山に南風

二十一歳で結婚して静岡に住んだ。マンションの二階、二DKの小さな新居だった。トイレの窓から富士山が見えた。遠く京都から引っ越した私にとって、それはスイスの山々のようにまぶしかった。静岡に誰も知り合いはなく、会社勤めの夫の帰りは遅く、そしてすぐに妊娠し、孤独な日々だった。京都弁はとてもゆっくりである。静岡弁にスピードがついていかない。近所の人と話をすることもなかった。このころまでは無口で内気な性格だった。翌年、夫の転勤により沼津市に引っ越した。またもや人に溶け込めない毎日。しかし車でちょっと走ったら簡単に大きな富士山が見えた。長男を連れてあちこちに行った。長男は、にこやかで大きな声だったのでいろいろな人が声をかけてくれた。結婚の孤独は富士山と子どもが癒してくれた。あれから四十年。

すっぴんの口びる新蕎麦の腰

山形は蕎麦どころである。あちこちに蕎麦畑がある。蕎麦畑の一面の蕎麦の花はウエディングドレスのフリルのよう。「蕎麦街道」と名付けられた街道もあり、温泉と共にどこの町にも蕎麦がある。山形新幹線の終着は新庄駅。その新庄に行ったときのこと。たまたま入った和食の店の主人は蕎麦打ちの名人だった。夜に行ったのでもう蕎麦はなかった。残念だなあと夫と話していたら明日の昼来ませんか、とその主人が言う。ぜひ新蕎麦を食べてもらいたい。来ることができるなら翌朝蕎麦を打っておく、というのだ。「喜んで」とウマが合った店主と別れる。翌日の昼、店を訪れると蕎麦が打ってあった。まず水につけて食べてくれと言う。蕎麦が甘いと思ったのは初めてである。

面白山の殿様バッタ名前なし

山形と仙台を結ぶ鉄道は「仙山線」。山形駅から仙台駅までは約一時間。途中には「山寺駅」があり、駅のすぐそばに山寺（立石寺）がそびえたつ。その名の通り山の寺だ。電車の窓からも見ることができる。駅舎は木造。エレベーターもエスカレーターもない。山寺にのぼると山道の途中でいいにおいがする。串に刺した「玉こんにゃく」を売っていた。

私はこの仙山線がとても気に入っている。電車の大きな窓がすべて緑の葉でおおわれる時間がたくさんある。緑の電車だ。その緑の中に「面白山」という山がある。ハイキングのできる山である。仙台側から見ると面が白く見えることから。山中にある滝の様子がとても面白かったから、と諸説。仙山線の列車に乗っていると降りたくなくなる。旅行者であるのに旅行者でないような。

柳青むミネラルウォーター売り切れに

今、鴨川の川辺には桜が満開。その桜のすきまに柳の木がある。柳青むころである。この柳の緑の柔らかさ、揺れる枝の柔らかさ。映画や演劇で幽霊の登場する場面の柳の暗さとは大違いだ。

「やはらかに柳あをめる北上の岸べ目にみゆ泣けとごとくに」は、石川啄木の歌。や、や、き、きというリズムがいいので高校生のころすぐに覚えた。石川啄木は岩手県出身。この歌を詠んだころは東京で失意の日々を送っていた。北上川の西岸には、宮沢賢治がイギリスの海岸に地質が似ているとして名付けた「イギリス海岸」がある。川なのに海。旧北上川の中洲には「石ノ森萬画館」もある。東北最大の河川「北上川」を二〇一一年の東日本大震災の津波は遡上した。

花菜風もたれる壁が見当たらず

娘が嫁いだのは二〇〇三年。山形市出身の彼だった。最初の一年は彼の仕事の都合で仙台市若林区に住む。その後山形市に移り住む。二〇一一年一月、六歳と二歳、二人の男の子を連れて娘は京都で冬休みを過ごした。そして山形に帰る。私たち夫婦も山形まで送って行った。ついでに観光。何度行っても山形はおいしいものが多い。温泉もいい。帰りは仙台空港から伊丹空港へ。その二か月後だった。三月十一日、東日本大震災。娘は直後、必死の思いで自分たちの無事を伝えてくれた。まもなくケータイは不通となる。以前住んでいた若林区や仙台空港近辺の不幸をテレビで見て震えが止まらない。数日間、山形は電気が不通となる。東北の三月はまだ冬である。娘たち一家はガスの炎に手をかざしてささやかな暖をとり、コートを着たまま毛布にくるまり眠っていた。京都からは食品などを送る手段がない。せめて紙オムツだけでも送ってやりたかったがどうしようもなかった。そんなもどかしい日が続き四月、上の子の小学校入学式。開式直前に余震が来て停電。しかし希望の式は始まった。

梅雨晴間平田金銀店に客

　東日本大震災から二か月後、娘の住む山形に行った。ようやく、ようやくの再会であるはずなのに娘は淡々としていた。被害の少なかった山形。何もなかったかのようにもとにもどっていた。二人の男の子は家の中を走り回って元気に暮らしていた。ただ二歳の子は夜、電気を消すと眠れないという。電気が復旧するまでの数日間の暗闇が心に残っているのだ。少しして揺れた。余震である。六歳の兄は二歳の弟を抱え、ぎゅうっとテーブルの下に押し入れた。テーブルの下で頭を下に向けてじっとしている弟に覆いかぶさるようにしている兄。この二か月間何度も何度もこのようなことがあったのだろうと母である娘の奮闘を知った。

　そしてその二か月後、再び山形へ行った。このときは周りの風景を落ち着いてよく見ることができた。市内のバスに乗ったら「平田金銀店」という店があり太陽の光がたっぷり差していた。

あとがき

テニスは人のいない所にボールを打つ意地悪なスポーツだという人がいる。それはそうかもしれない。しかし、ことはもっと複雑だ。まず、初心者では、打ちたい地点にボールを打つことができない。それどころか、相手から来るボールにラケットを当て、相手コート内に返すことさえたいへんなのだ。

熟練になるとボールは多彩。順回転や逆回転、横回転などのボールを打つ。それを正確に打ち返す。わざとスペースを作っておいて「さあここにどうぞ」ということも。テニスは予測のスポーツ。囲碁や将棋に似て二手三手先を考える。中断の時期をはさんで約三十年。思えば、私は人生の約半分をテニスと共に暮らしている。昔はステファン・エドバーグを恋人に、今は錦織圭を息子にして。

比べて、俳句はまだ十六年。師匠である坪内稔典氏の著書『高三郎と出会った日』は俳句と俳文の本だ。いつかこんな、森の木陰で読めるような本が作りたいと思っていた。

エッセーの半分は、「船団の会」の勉強会である「ハイブンの会」に提出したものだ。この会で内田美紗さんや宮嵜亀さんに文章を書くわくわく感を教えてもらった。俳句は、坪内先生はもちろん、「ＭＩＣＯＡＩＳＡ」（京都の俳句グループ）や「船団の会」のみなさんに強烈な刺激を受け続けている。

創風社出版の大早直美さんには第一句集に続き、再びお世話になった。本書はシリーズである。ひとりではない。みんなと一緒なら怖くない。かもしれない。

二〇一七年　早春

小西雅子

著者略歴

小西 雅子（こにし まさこ）

1954年10月20日　京都市生まれ
2000年　カルチャースクール（講師　坪内稔典）にて
　　　　俳句をはじめる
2002年　仲間と俳句グループ「MICOAISA」結成
2002年　「船団の会」入会
2009年　第1句集『雀食堂』（創風社出版）

住所　〒612-0886 京都市伏見区深草極楽寺町51

俳句とエッセー　屋根にのぼる

2017年2月10日発行　　定価＊本体1400円＋税

著　者　　小西　雅子
発行者　　大早　友章
発行所　　創風社出版
〒791-8068 愛媛県松山市みどりヶ丘9－8
TEL.089-953-3153 FAX.089-953-3103
振替 01630-7-14660 http://www.soufusha.jp/
印刷　㈱松栄印刷所　　製本　㈱永木製本

ISBN 978-4-86037-237-8